Dieses

Reisetagebuch

gehört :

Papiere und Unterlagen

- ☐ ADRESSLISTE FÜR POSTKARTEN ☐ ....
- ☐ AUSLANDSKRANKENVERSICHERUNG ☐ ....
- ☐ IMPFAUSWEIS ☐ ....
- ☐ PERSONALAUSWEIS ☐ ....
- ☐ REISEPASS ☐ ....
- ☐ REISEFÜHRER ☐ ....
- ☐ REISETAGEBUCH ☐ ....

Medikamente

- ☐ BLASENPFLASTER ☐ ....
- ☐ DURCHFALLTABLETTEN ☐ ....
- ☐ ERSTE HILFE SET ☐ ....
- ☐ FIEBERTABLETTEN ☐ ....
- ☐ HERPESCREME ☐ ....
- ☐ MÜCKENSCHUTZ ☐ ....
- ☐ SCHMERZMITTEL ☐ ....
- ☐ KAUGUMMI GEGEN ÜBELKEIT ☐ ....
- ☐ TABLETTEN GEGEN ÜBELKEIT ☐ ....

Geld und Finanzen

☐ AUSLANDSWÄHRUNG
☐ BARGELD
☐ KREDITKARTE
☐ BARGELD
☐ GELDBÖRSE
☐ NOTFALL TELEFONNUMMERN
☐ ....

☐ ....
☐ ....
☐ ....
☐ ....
☐ ....
☐ ....
☐ ....

Kleidung und Schuhe

☐ UNTERWÄSCHE / SOCKEN
☐ HOSEN / SHORTS
☐ PULLOVER / SHORTS
☐ GÜRTEL
☐ SCHLAFANZUG
☐ BADESACHEN
☐ MÜTZE / CAPS / HÜTE
☐ FLIP FLOPS / BADELATSCHEN
☐ FESTE SCHUHE

☐ STRANDSCHUHE
☐ SEHHILFEN
☐ ....
☐ ....
☐ ....
☐ ....
☐ ....
☐ ....
☐ ....

Taschen und Rucksäcke

- ☐ BADE- / STRANDTASCHE
- ☐ HANDTASCHE
- ☐ KOFFER
- ☐ KLEIDERTASCHE
- ☐ SCHUTZHÜLLE FÜRS HANDY
- ☐ TAGESRUCKSACK
- ☐ VAKUUMBEUTEL

- ☐ SCHULTERTASCHE
- ☐ ....
- ☐ ....
- ☐ ....
- ☐ ....
- ☐ ....
- ☐ ....

Hygiene

- ☐ HAARBÜRSTE / KAMM
- ☐ ZAHNBÜRSTE
- ☐ SHAMPOO, SPÜLUNG ETC.
- ☐ KONTAKTLINSEN / ZUBEHÖR
- ☐ HANDCREME
- ☐ DEO
- ☐ KULTURTASCHE
- ☐ LIPPENPFLEGESTIFT
- ☐ HAARGUMMIS

- ☐ OHRENSTÄBCHEN
- ☐ SCHMINKUTENSILIEN
- ☐ ABSCHMINKTÜCHER
- ☐ SONNENCREME
- ☐ RASIERER
- ☐ TASCHENTÜCHER
- ☐ ....
- ☐ ....
- ☐ ....

Sonstiges

- ☐ BRILLE
- ☐ BUCH / ZEITSCHRIFT
- ☐ SCHLAFBRILLE
- ☐ REGENSCHIRM
- ☐ KOFFERANHÄNGER
- ☐ NÄHZEUG
- ☐ OROPAX
- ☐ REISEDECKE
- ☐ WÖRTERBUCH
- ☐ ....
- ☐ ....
- ☐ ....
- ☐ ....
- ☐ ....

Technische Ausrüstung

- ☐ KAMERA MIT AKKU
- ☐ STATIV
- ☐ SD - KARTEN
- ☐ SELFIE STICK
- ☐ E BOOK READER
- ☐ HANDY
- ☐ LADEKABEL
- ☐ POWERBANK
- ☐ HANDYHÜLLE WASSERDICHT
- ☐ ....
- ☐ ....
- ☐ ....
- ☐ ....
- ☐ ....
- ☐ ....
- ☐ ....
- ☐ ....
- ☐ ....

Reisetag Nr. : ____________________

Datum : ____________________ Ort : ____________________

N
W
O
S

Reisetag Nr. :

Datum :

Ort :

N
W
O
S

Reisetag Nr. : ____________________

Datum : ____________________ **Ort :** ____________________

N
W
O
S

Reisetag Nr. : ____________________

Datum : ____________________ Ort : ____________________

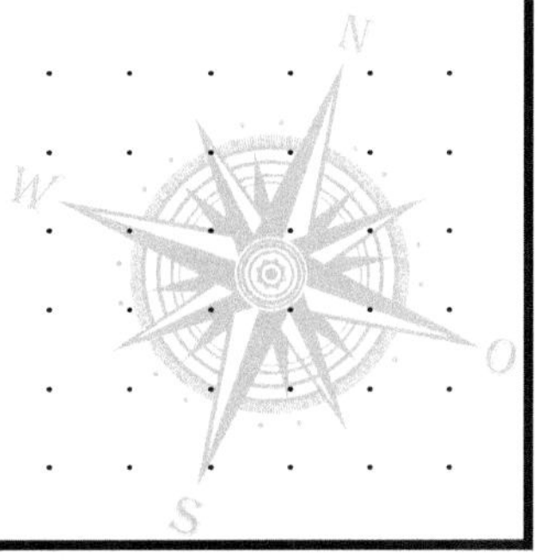
N
W
O
S

Reisetag Nr. : ____________

Datum : ____________ Ort : ____________

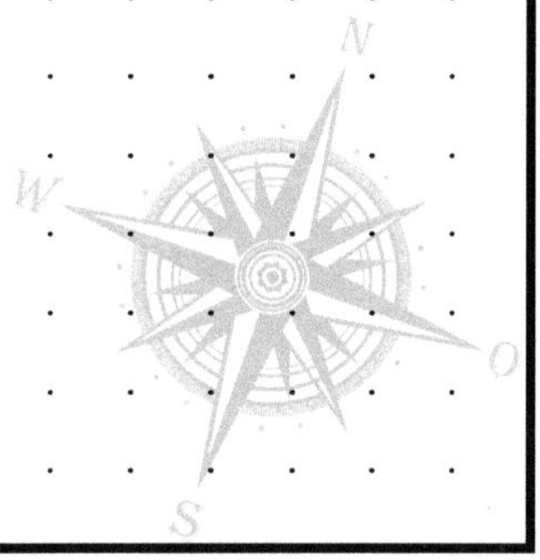
N
W
O
S

Reisetag Nr. : ____________________

Datum : ____________________ **Ort :** ____________________

N
W
O
S

Reisetag Nr. : ____________________

Datum : ____________________ **Ort :** ____________________

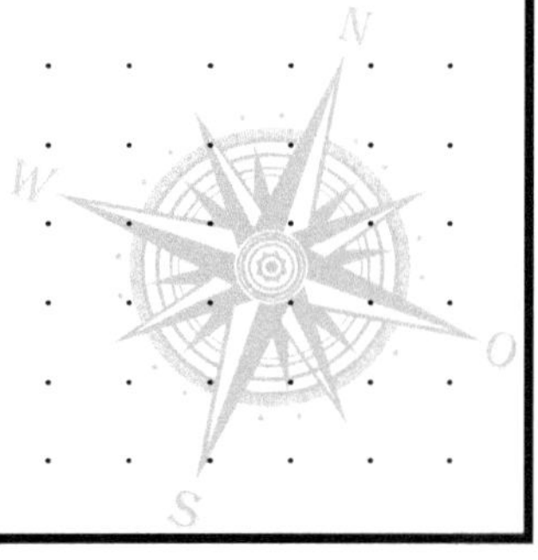
N
W
O
S

Reisetag Nr. : ____________________

Datum : ____________________ Ort : ____________________

N
W
O
S

Reisetag Nr. : ____________________

Datum : ____________________ Ort : ____________________

N
W
O
S

Reisetag Nr. : ______________

Datum : ______________ Ort : ______________

N
W
O
S

Reisetag Nr. : ____________

Datum : ____________ Ort : ____________

N
W
O
S

Reisetag Nr. : ____________________

Datum : ____________________ Ort : ____________________

N
W
O
S

Reisetag Nr. :

Datum :

Ort :

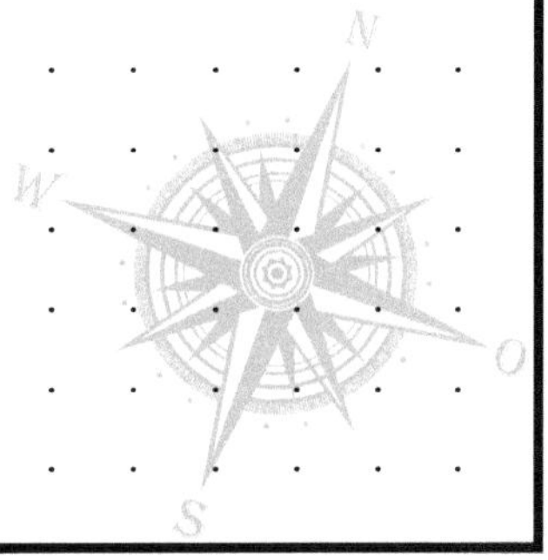
N
W
O
S

Reisetag Nr. : ____________________

Datum : ____________________ Ort : ____________________

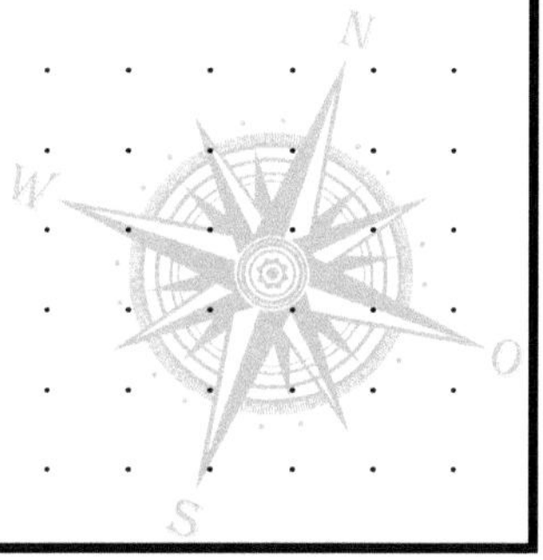
N
W
O
S

Reisetag Nr. : ____________________

Datum : ____________________ Ort : ____________________

N
W
O
S

Reisetag Nr. : ____________________

Datum : ____________________ **Ort :** ____________________

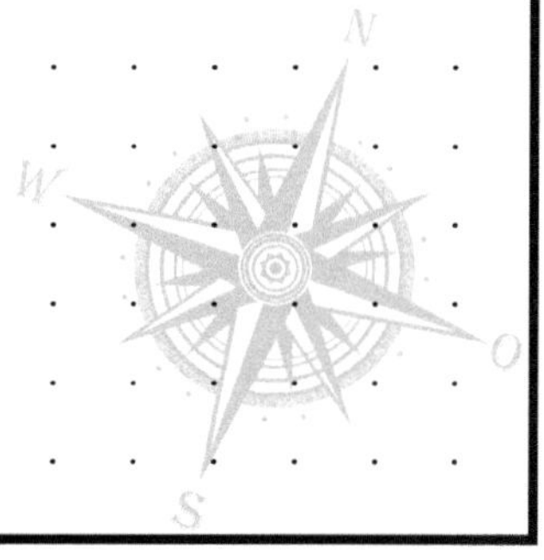
N
W
O
S

Reisetag Nr. : ____________

Datum : ____________ **Ort :** ____________

N
W
O
S

Reisetag Nr. : ______

Datum : ______ Ort : ______

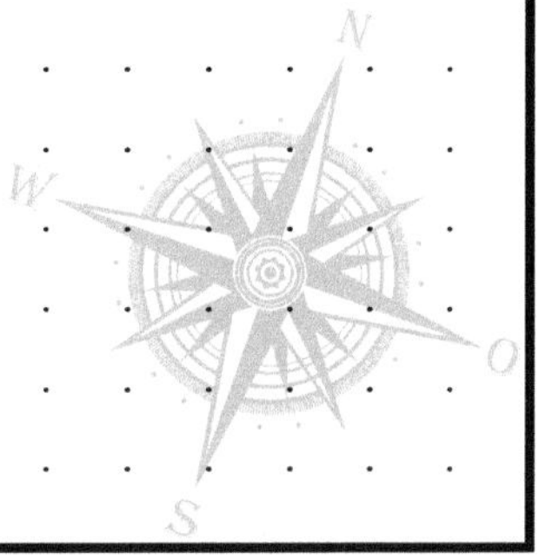
N
W
O
S

Reisetag Nr. :

Datum :

Ort :

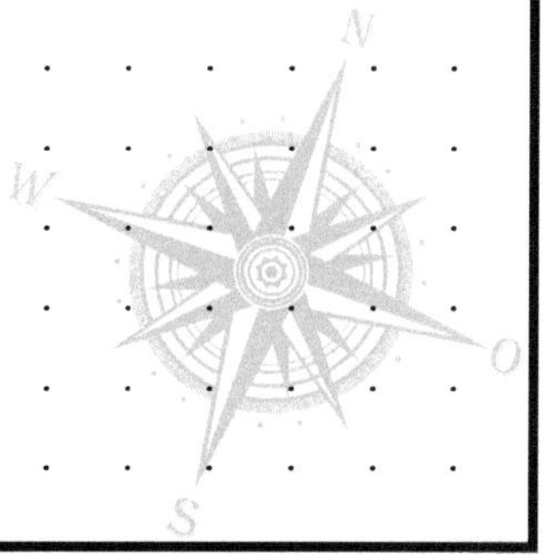
N
W
O
S

Reisetag Nr. : ____________________

Datum : ____________________ Ort : ____________________

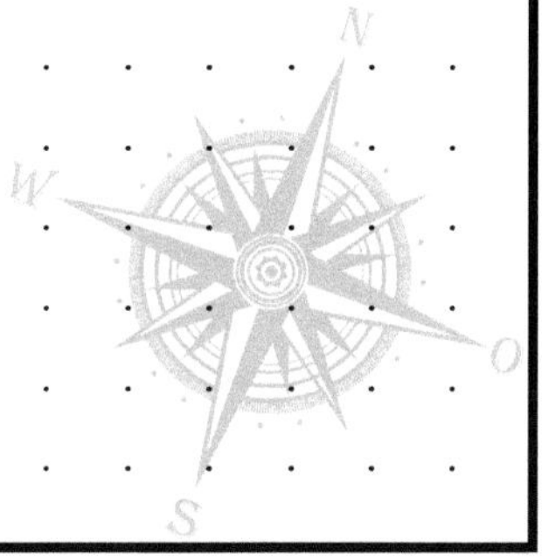
N
W
O
S

Reisetag Nr. : ______________________

Datum : ______________________ **Ort :** ______________________

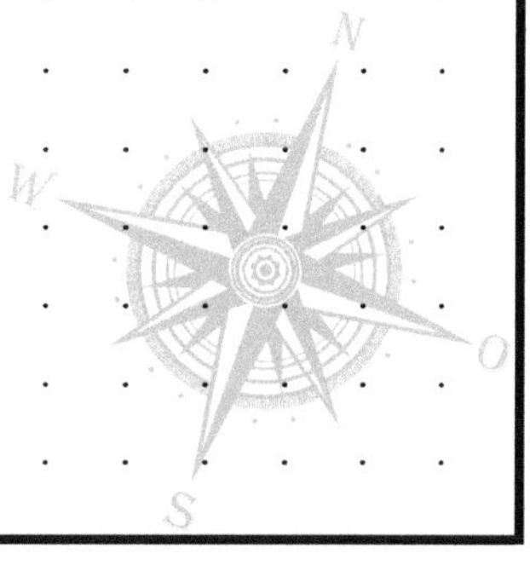
N
W
O
S

Reisetag Nr. :

Datum :

Ort :

N
W
O
S

Reisetag Nr. : ____________________

Datum : ____________________ Ort : ____________________

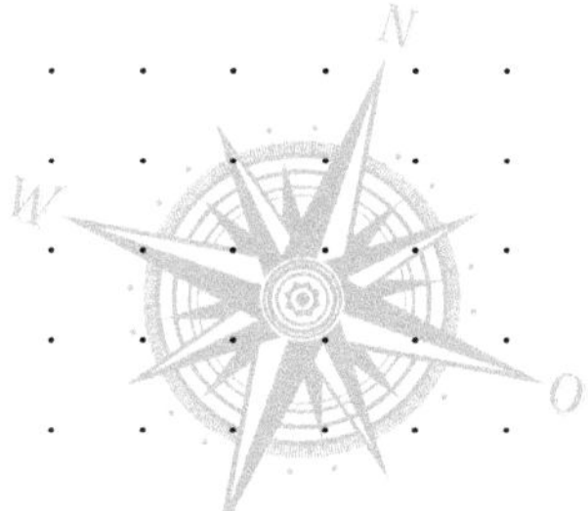
N
W
O
S

Reisetag Nr. : ____________________

Datum : ____________________ Ort : ____________________

N
W
O
S

Reisetag Nr. : ______________________

Datum : ______________________ Ort : ______________________

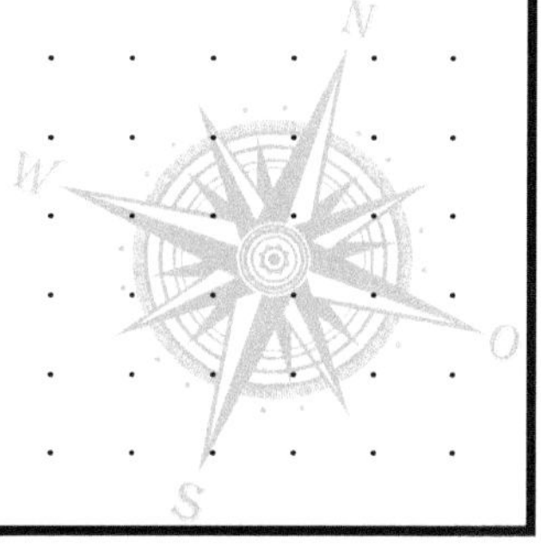
N
W
O
S

Reisetag Nr. : ______________________

Datum : ______________________ Ort : ______________________

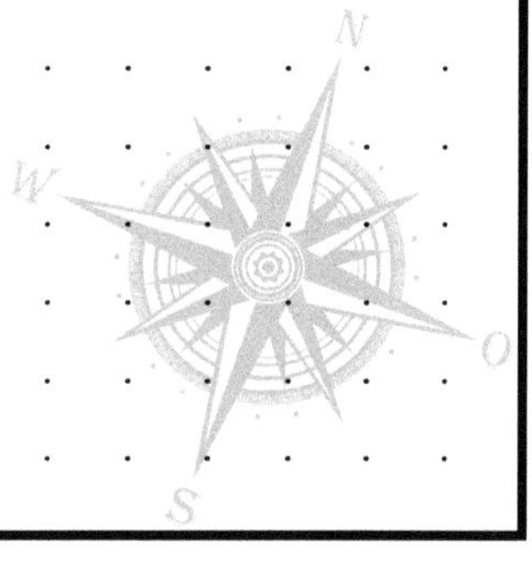
N
W
O
S

Reisetag Nr. : ____________

Datum : ____________ Ort : ____________

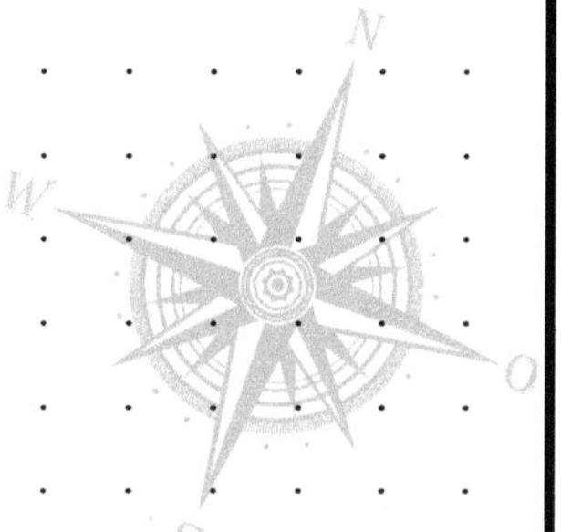
N
W
O
S

Reisetag Nr. : ____________________

Datum : ____________________ Ort : ____________________

N
W
O
S

Reisetag Nr. :

Datum :

Ort :

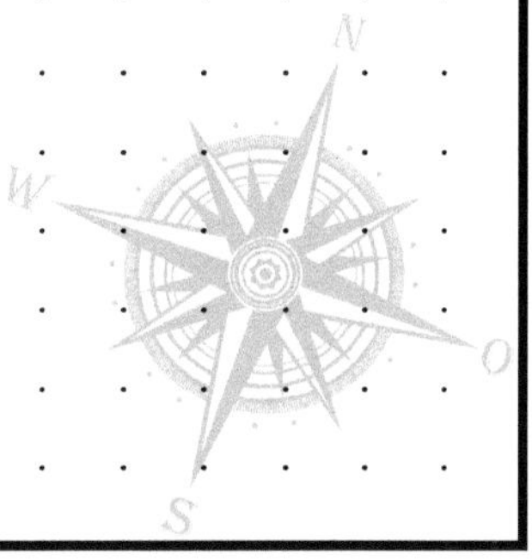
N
W
O
S

Reisetag Nr. : ____________

Datum : ____________ Ort : ____________

N
W
O
S

Reisetag Nr. : ____________________

Datum : ____________________ Ort : ____________________

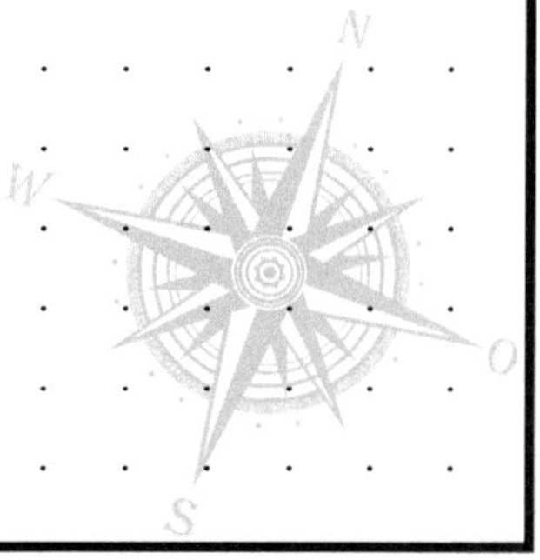
N
W
O
S

Reisetag Nr. :

Datum :

Ort :

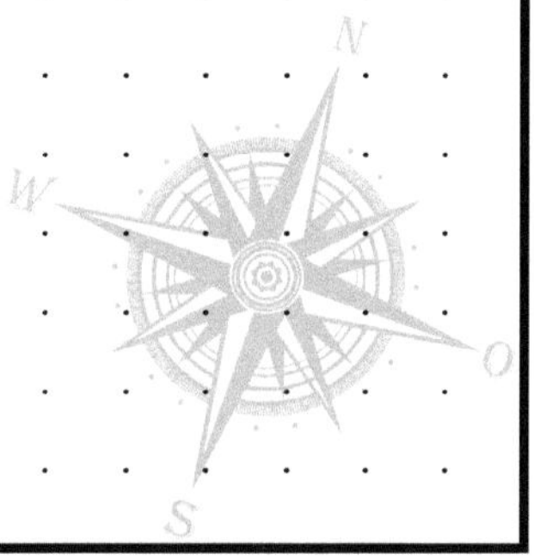
N
W
O
S

Reisetag Nr. : ____________________

Datum : ____________________ Ort : ____________________

N
W
O
S

Reisetag Nr. : ____________________

Datum : ____________________ Ort : ____________________

N
W
O
S

Reisetag Nr. : ____________

Datum : ____________ Ort : ____________

N
W
O
S

Reisetag Nr. :

Datum :

Ort :

N
W
O
S

Reisetag Nr. : ____________

Datum : ____________ **Ort :** ____________

N
W
O
S

Reisetag Nr. :

Datum :

Ort :

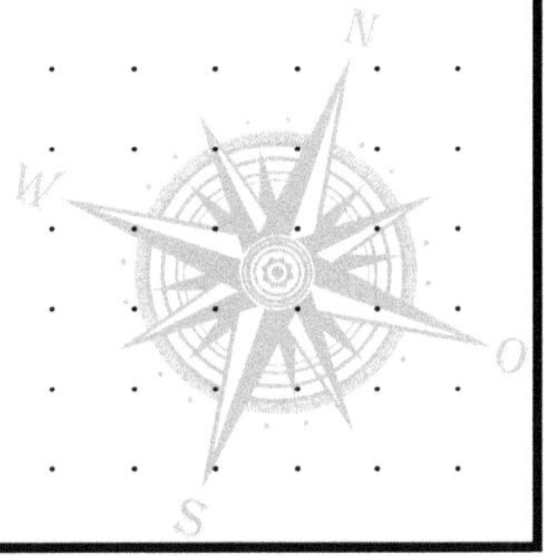
N
W
O
S

Reisetag Nr. : ____________

Datum : ____________ Ort : ____________

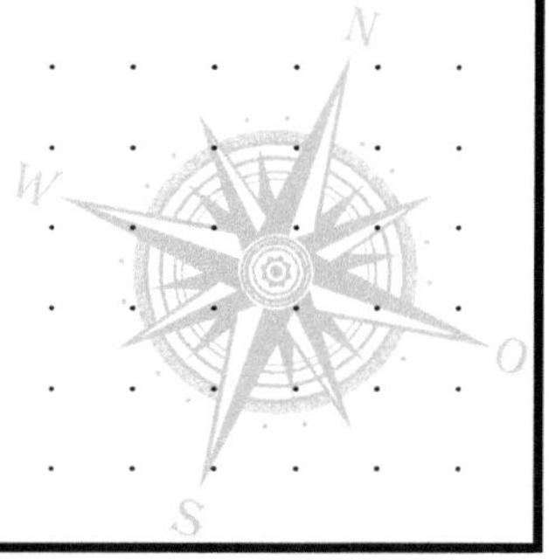
N
W
O
S

Reisetag Nr. : ____________

Datum : ____________ Ort : ____________

N
W
O
S

Kontaktadressen für Postkarten

NAME :
TELEFON:
EMAIL :
GEBURTSTAG :
ADRESSE :

NAME :
TELEFON:
EMAIL :
GEBURTSTAG :
ADRESSE :

NAME :
TELEFON:
EMAIL :
GEBURTSTAG :
ADRESSE :

NAME :
TELEFON:
EMAIL :
GEBURTSTAG :
ADRESSE :

NAME :
TELEFON:
EMAIL :
GEBURTSTAG :
ADRESSE :

NAME :
TELEFON:
EMAIL :
GEBURTSTAG :
ADRESSE :

Kontaktadressen für Postkarten

AME :

ELEFON:

MAIL :

EBURTSTAG :

DRESSE :

AME :

ELEFON:

MAIL :

EBURTSTAG :

DRESSE :

AME :

ELEFON:

MAIL :

EBURTSTAG :

DRESSE :

AME :

ELEFON:

MAIL :

EBURTSTAG :

DRESSE :

AME :

ELEFON:

MAIL :

EBURTSTAG :

DRESSE :

AME :

ELEFON:

MAIL :

EBURTSTAG :

DRESSE :

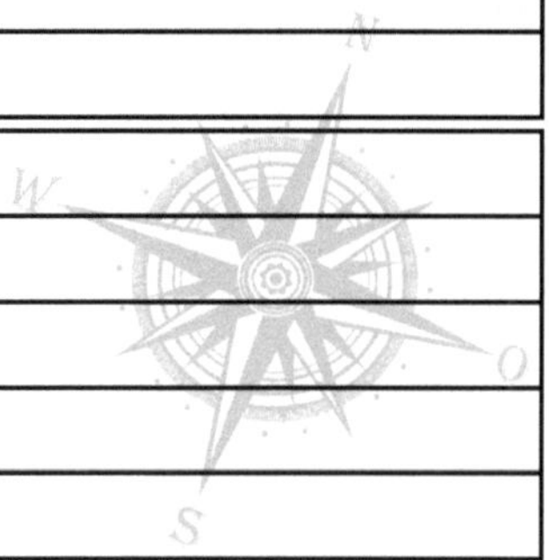

Kontaktadressen für Postkarten

NAME :
TELEFON:
EMAIL :
GEBURTSTAG :
ADRESSE :

NAME :
TELEFON:
EMAIL :
GEBURTSTAG :
ADRESSE :

NAME :
TELEFON:
EMAIL :
GEBURTSTAG :
ADRESSE :

NAME :
TELEFON:
EMAIL :
GEBURTSTAG :
ADRESSE :

NAME :
TELEFON:
EMAIL :
GEBURTSTAG :
ADRESSE :

NAME :
TELEFON:
EMAIL :
GEBURTSTAG :
ADRESSE :

Kontaktadressen für Postkarten

NAME :
TELEFON:
EMAIL :
GEBURTSTAG :
ADRESSE :

NAME :
TELEFON:
EMAIL :
GEBURTSTAG :
ADRESSE :

NAME :
TELEFON:
EMAIL :
GEBURTSTAG :
ADRESSE :

NAME :
TELEFON:
EMAIL :
GEBURTSTAG :
ADRESSE :

NAME :
TELEFON:
EMAIL :
GEBURTSTAG :
ADRESSE :

NAME :
TELEFON:
EMAIL :
GEBURTSTAG :
ADRESSE :

Kontaktadressen Reisebekanntschaften

NAME :
TELEFON:
EMAIL :
GEBURTSTAG :
ADRESSE :

NAME :
TELEFON:
EMAIL :
GEBURTSTAG :
ADRESSE :

NAME :
TELEFON:
EMAIL :
GEBURTSTAG :
ADRESSE :

NAME :
TELEFON:
EMAIL :
GEBURTSTAG :
ADRESSE :

NAME :
TELEFON:
EMAIL :
GEBURTSTAG :
ADRESSE :

NAME :
TELEFON:
EMAIL :
GEBURTSTAG :
ADRESSE :

Kontaktadressen Reisebekanntschaften

NAME :

TELEFON:

EMAIL :

GEBURTSTAG :

ADRESSE :

NAME :

TELEFON:

EMAIL :

GEBURTSTAG :

ADRESSE :

NAME :

TELEFON:

EMAIL :

GEBURTSTAG :

ADRESSE :

NAME :

TELEFON:

EMAIL :

GEBURTSTAG :

ADRESSE :

NAME :

TELEFON:

EMAIL :

GEBURTSTAG :

ADRESSE :

NAME :

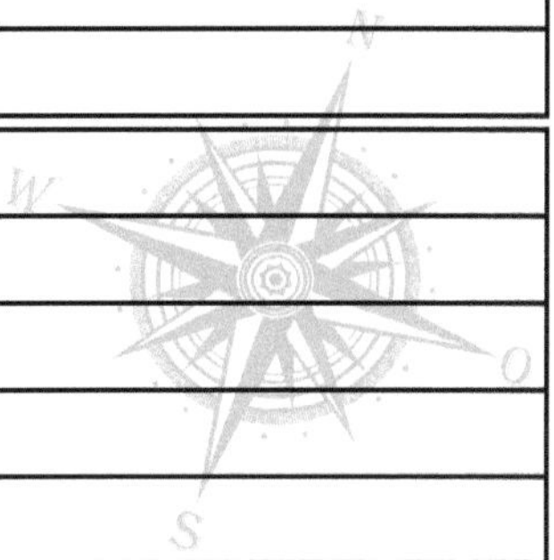

TELEFON:

EMAIL :

GEBURTSTAG :

ADRESSE :

Kontaktadressen Reisebekanntschaften

NAME :
TELEFON:
EMAIL :
GEBURTSTAG :
ADRESSE :

NAME :
TELEFON:
EMAIL :
GEBURTSTAG :
ADRESSE :

NAME :
TELEFON:
EMAIL :
GEBURTSTAG :
ADRESSE :

NAME :
TELEFON:
EMAIL :
GEBURTSTAG :
ADRESSE :

NAME :
TELEFON:
EMAIL :
GEBURTSTAG :
ADRESSE :

NAME :
TELEFON:
EMAIL :
GEBURTSTAG :
ADRESSE :

Kontaktadressen Reisebekanntschaften

AME :

ELEFON:

MAIL :

EBURTSTAG :

DRESSE :

AME :

ELEFON:

MAIL :

EBURTSTAG :

DRESSE :

AME :

ELEFON:

MAIL :

EBURTSTAG :

DRESSE :

AME :

ELEFON:

MAIL :

EBURTSTAG :

DRESSE :

AME :

ELEFON:

MAIL :

EBURTSTAG :

DRESSE :

AME :

ELEFON:

MAIL :

EBURTSTAG :

DRESSE :

Fotos, Eintrittskarten etc.

N
W
O
S

Fotos, Eintrittskarten etc.

Fotos, Eintrittskarten etc.

N
W
O
S

Fotos, Eintrittskarten etc.

N
W
O
S

Fotos, Eintrittskarten etc.

N
W
O
S

Fotos, Eintrittskarten etc.

N
W
O
S

Fotos, Eintrittskarten etc.

N
W
O
S

Impressum:
Michael Reiter
Zinnwalder Steig 7a
12355 Berlin:
E- Mail : mire.publishing@gmail.com

Printed in Poland
by Amazon Fulfillment
Poland Sp. z o.o., Wrocław

26814298R00067